Dieses Bu

Lars

Metzner

UNVERKÄUFLICHES
LESEEXEMPLAR

Martin Widmark
ist in Linköping, Schweden, aufgewachsen und lebt heute in Stockholm. Er ist ein begeisterter Fußballspieler und fasziniert von Essen, Sprachen, Menschen und Musik.
10 Jahre lang war er Lehrer für die Mittelstufe, jetzt unterrichtet er Schwedisch für Einwanderer an der Volkshochschule. Außer *Detektivbüro LasseMaja* schreibt er weitere Kinderbuchserien, Kinderlieder und Lernhilfen.

Helena Willis,
geboren 1964 in Stockholm, lebt heute mit ihrem Mann und zwei Töchtern in der Nähe von Stockholm. Sie arbeitet als freie Illustratorin, seit sie 1991 das Beckmans College of Design abschloss. Helena Willis sagt, sie habe den besten Job der Welt: »Ich darf den ganzen Tag spielen, aber ich muss mich auch darauf konzentrieren, alle Aufgaben zeitgerecht zu erledigen.«

Von Martin Widmark bei Ueberreuter erschienen:
Detektivbüro LasseMaja:
Das Mumiengeheimnis

Monsteragentin Nelly Rapp:
Die weißen Frauen von Schloss Lovlunda
Der Geisterladen
Die Schwarzen Zeitzauberer
Werwolf-Alarm
Das Frankenstein-Monster
Die Monsterakademie

Detektivbüro LasseMaja

Das Schulgeheimnis

Text: Martin Widmark
Illustrationen: Helena Willis

Aus dem Schwedischen
von Maike Dörries

UEBERREUTER

Das säurefreie und alterungsbeständige Papier EOS liefert Salzer, St. Pölten
(hergestellt aus chlorfrei gebleichtem Zellstoff aus nachhaltiger Forstwirtschaft).

ISBN 978-3-8000-5542-5

Aus dem Schwedischen von Maike Dörries
First published by BonnierCarlsen, Stockholm, Sweden 2006
Published in the German language by arrangement with
Bonnier Group Agency, Stockholm, Sweden
Originaltitel: LasseMajas Detektivbyrå. Skolmysteriet
Umschlagillustration und Innenillustrationen von Helena Willis

Gedruckt in Österreich
1 3 5 7 6 4 2

Ueberreuter im Internet: www.ueber0reuter.at

Die Geschichten spielen in einer kleinen
schwedischen Stadt namens Valleby,
in der fast jeder jeden kennt und
wo mitten im Ort die Kirche steht.

Die Hauptpersonen Lasse und Maja
gehen in die gleiche Klasse und betreiben
gemeinsam ein Detektivbüro.

LASSE

MAJA

Museumsstraße
Museum
M
valleby
KIOSK
Kirchstraße
Post
Post
GOLD
Wurst
N
W
O
S
LasseMajas
Hauptquartier

Karte von Valleby
HAFEN
Valleby Blatt
Valleby Bibliothek
Marktplatz
Hotel
Café
RIO-Kino

HAFEN
BENZIN
Valleby Bahnhof
Bahnhofsstraße
Kaufmannsstraße
KINDERGARTEN SÖRGÅRDEN
SUPER★MARKT
S★M
B
BANK
ZOO
Kaufmannsstraße
Hospitalstraße
Kranken-haus 1 km
Hallenbad

Personen

Lasse

Maja

Polizeiinspektor

Rektor Ahlberg

Lehrerin Gun

Schulschwester Mary

Hausmeister Risto

Vertretungslehrer Klas

Da kann man ja gleich den lieben Gott beklauen!

»Stopp!«, ruft Lasse und macht eine Vollbremsung vor Vallebys Rio-Kino.

»Was ist passiert?«, fragt Maja überrascht. Lasse und Maja sind auf dem Weg zur Schule und haben es wie immer eilig. Sie sind gleich alt und gehen in die gleiche Klasse.

»Du weißt genau, dass Gun die Krise kriegt, wenn wir zu spät zum Unterricht kommen«, sagt Maja. »Jetzt komm schon, Lasse!«

»Sieh doch mal«, sagt Lasse und zeigt auf einen Hundertkronenschein, der mitten auf der Straße liegt.

»Oh«, sagt Maja. Schließlich findet man nicht jeden Tag Geld auf der Straße.

»Was sollen wir damit machen?«, fragt Lasse.

»Das hier«, hören sie Zorban sagen, der aus dem Rio-Kino kommt. Zorban ist im Kino der Mann für alles. Er hebt den Schein von der Straße auf und hält ihn gegen die Frühlingssonne. Dann schüttelt er den Kopf und zerreißt ihn in lauter kleine Schnipsel, die er in die Luft wirft.

»Bist du verrückt?«, ruft Maja. »Das war doch ein Hundertkronenschein!«

»Aber ein falscher, eine Blüte«, brummt Zorban. »Komplett wertlos! Allein gestern hatten wir drei solche Blüten in der Kasse.«

»Wieso hast du ihn gegen das Licht gehalten?«, will Lasse wissen.

ie Ferien
onsieur Hulot
QUES
TI
Die Ferien
des Monsieur Hulot
JACQUES
TATI
mon
oncle
JACQUES
TATI
mon
oncle

»Gefälschte Scheine haben kein Wasserzeichen«, erklärt Zorban.

»Wasserzeichen?«, fragt Maja.

»Das ist so eine Art Stempel, den jeder echte Geldschein hat. Aber den sieht man nur, wenn man den Schein gegen starkes Licht hält.«

»Und gestern im Kino habt ihr nicht gemerkt, dass sie falsch waren?«, hakt Lasse nach.

»Dummerweise nicht«, antwortet Zorban. »Darum steht ab jetzt eine starke Lampe neben der Kasse. Und Fräulein Blum hat Anweisung, jeden Schein zu kontrollieren, den sie bekommt.«

Zorban geht seufzend zurück ins Rio-Kino.

Lasse und Maja wollen sich gerade auf ihre Räder schwingen und weiterfahren, als sie von der anderen Straßenseite ein Schluchzen hören. Es kommt von Sara, die im Café arbeitet. Sie sitzt an einem Tisch auf dem Bürgersteig und weint.

Lasse und Maja schieben ihre Räder über die Straße und gehen zu Sara.

»Ist etwas passiert?«, fragt Maja. »Wieso weinst du, Sara?«

»Wenn das nicht bald ein Ende hat, müssen Dino und ich das Café zumachen.«

»Was soll ein Ende haben?«, fragt Lasse.

»Ich habe eben die Kasse abgerechnet«, antwortet Sara schniefend. »Drei falsche Hundertkronenscheine habe ich gefunden. Und das ausgerechnet jetzt, wo nächste Woche die Miete fällig ist!«

Sara zieht ein paar Geldscheine aus der Tasche ihrer Schürze und reicht sie Maja. Maja sieht sie sich genau an, kann aber nicht erkennen, dass sie falsch sind.

»Halt sie gegen die Sonne«, sagt Lasse.

Als Maja die Geldscheine gegen die Sonne hält, sieht sie, dass sie kein Wasserzeichen haben.

»Gütiger Gott!«, hören sie in diesem Augenblick jemanden rufen.

Sara, Lasse und Maja drehen sich um und sehen den Pastor über die Kirchstraße laufen. Er hält etwas in der Hand, das ein wenig wie ein Kescher aussieht. Das ist der Klingelbeutel, mit dem er sonntags das Geld von den Gottesdienstbesuchern einsammelt.

Vor Saras Tisch bleibt der Pastor stehen.

»Da kann man ja den lieben Herrgott gleich persönlich beklauen«, ruft er aufgebracht. »Vier falsche Scheine hab ich im Klingelbeutel gefunden. Das wird ihn dort oben auf seiner Wolke aber gar nicht freuen.«

Maja sieht Lasse an. Ihnen ist beiden klar, dass das Detektivbüro LasseMaja einen neuen Fall zu lösen hat.

Denn die beiden sind nicht nur Freunde, sondern auch Kollegen. Sie haben sich in Majas Keller ein kleines Büro eingerichtet. Das haben sie mit ihren alten Lieblingssesseln und einem runden Tisch gemütlich ausgestattet. Überall liegen dicke Bücher herum, Krimis von Majas Vater. Hier sitzen sie am liebsten zum Lesen und hier haben sie alles, was sie zur Lösung ihrer Kriminalfälle brauchen.

2000 heimliche Kopien

Lasse und Maja stellen ihre Fahrräder in den Fahrradständer neben dem roten Sportwagen des Schulrektors. Sie rennen eilig über den Schulhof und die Treppen hoch in den ersten Stock.

»Entschuldigung, dass wir zu spät kommen«, sagen sie gleichzeitig, als sie das Klassenzimmer betreten.

Aber Gun, ihre Klassenlehrerin, hört die Entschuldigung gar nicht. Sie schaut aus dem Fenster und stößt dabei tiefe Seufzer aus. Lasse und Maja setzen sich auf ihre Plätze und nehmen die Rechenbücher heraus, mit denen die anderen Kinder der Klasse bereits arbeiten.

»Rechnet weiter, Kinder«, sagt Gun. »Hätte ich mich in meiner Jugend mehr für Mathematik interessiert, sähe jetzt alles anders aus.«

Lasse und Maja tauschen erstaunte Blicke.

»Was meinst du damit?«, fragt Maja.

»Melde dich, wenn du was sagen willst, Maja«, antwortet Gun. »Ihr wisst ja, dass ich nach den Sommerferien aufhöre zu arbeiten«, fährt sie fort. »Und gestern hab ich mir mal ausgerechnet, wie viel Rente ich bekomme. Oje, das ist wirklich nicht viel. Ist das der Dank, dass man sein ganzes Leben geschuftet und gerackert hat?«

Gun zieht ein Taschentuch heraus und tupft sich eine Träne aus dem Augenwinkel. In diesem Moment tut die alte Klassenlehrerin Lasse und Maja und ihren Mitschülern richtig leid. Sie ist immer nett und immer gerecht. Und jetzt hat sie Angst, dass ihr Geld nicht reicht, wenn sie in Rente geht.

Da klopft es kräftig an der Tür.

»Herein«, schnieft Gun.

ALGERIEN
LIBYEN
ÄGYPTEN
AFRIKA
NIGERIA
SOMALIA
ANGOLA
SÜDAFRIKA
A a
B b
C c
D d
E
stehen lassen
Aufgepasst
Dienstag 14 Uhr
Fluorspülung
3+21=
5-22=
25·7=
30/3 =
Hausaufgaben
Mathe S. 37-41

Schulrektor Ahlberg tritt ein und er hat den Polizeiinspektor dabei!

Der Rektor nickt der Klassenlehrerin zu und zieht erstaunt die Augenbrauen hoch, als er sieht, dass sie weint.

Danach bedenkt er die Schüler mit einem strengen Blick.

Bestimmt glaubt er, einer aus der Klasse hätte Gun geärgert. Aber Gun erklärt, dass sie bloß beim Gedanken an ihre bevorstehende Rente traurig geworden ist.

Der Polizeiinspektor ist mit einem Schritt bei ihr und legt ihr einen Arm um die Schultern. »Diesen Weg müssen wir alle irgendwann gehen«, versucht er sie zu trösten.

»Du bist ein lieber Kerl, Randolf«, sagt Gun. »Das warst du schon damals, als du in meine Klasse gegangen bist. Du warst vielleicht nicht in allen Fächern der Hellste, aber immer nett zu allen. Erinnerst du dich noch …«

»Ähem«, räuspert sich Rektor Ahlberg. »Der Polizeiinspektor hat etwas zu sagen …«

Der Polizeiinspektor lässt Guns Schultern los und blickt in die Klasse. Er nickt Lasse und Maja zu, die ihm schon immer gern bei seinen kniffligen Fällen geholfen haben, bevor sie beschlossen haben, selber Detektive zu werden.

»Es geht um Folgendes, Kinder. Valleby wird gerade von einer *Blütenwelle* überschwemmt«, sagt er und zieht ein dickes Bündel Geldscheine aus der Tasche.

»Diese Scheine habe ich heute Morgen eingesammelt. Sie sind alle gefälscht und sehr professionell gemacht.«

Er lässt ein paar Hundertkronenscheine durch die Klasse gehen, damit alle Schüler sehen, wie ein gefälschter Geldschein aussieht.

»Weiß jemand, woran man einen gefälschten Geldschein erkennt?«, fragt er schließlich.

»Die haben kein Wasserzeichen«, ruft Maja.

»Maja, melde dich bitte, wenn du was sagen willst«, sagt Gun.

»Das ist richtig, Maja«, sagt der Polizeiinspektor. »Und jetzt bitte ich alle Kinder aus Valleby, nach falschen Geldscheinen Ausschau zu halten. Sobald ihr einen entdeckt, bringt ihr ihn zu mir. Verstanden?«

ALGERIEN
LIBYEN
ÄGYPTEN
SOMALIA
stehen lassen
Aufgepasst
Dienstag 14 Uhr
Fluorspülung
3+21=
5-22=
25·7=
Hausaufgaben
Mathe S. 37-41

»Ja«, antworten alle Kinder im Chor.

Der Polizeiinspektor sammelt die Scheine wieder ein und will gerade gehen, als Gun Rektor Ahlberg fragt, ob es möglich wäre, ein paar Kopien für den Unterricht zu machen.

»Ausgeschlossen!«, sagt der Rektor streng. »Sie wissen genau, dass Kopierstopp für alle Mitarbeiter der Schule gilt, bis ich herausgefunden habe, wer heimlich und ohne Erlaubnis unseren neuen Farbkopierer benutzt hat. Der Zähler steht auf 2125. Im Moment wird keine einzige Kopie mehr gemacht.«

Der Schulrektor erklärt dem Polizeiinspektor, der ihn fragend ansieht, was es mit den Kopien auf sich hat.

»Wir haben einen neuen Farbkopierer für die Schule angeschafft. Die Kopien sind mindestens doppelt so teuer wie bei dem alten Schwarz-Weiß-Gerät. Und jetzt hat irgendjemand heimlich 2000 Kopien gemacht.«

»Ihre Entscheidung ist absolut richtig«, antwortet der Polizeiinspektor. »So ein Missbrauch muss so schnell wie möglich unterbunden werden.«

Schulrektor Ahlberg sieht den Polizeiinspektor anerkennend an.

»Ich habe auch ein absolutes Rauchverbot für das Schulpersonal verhängt. Und für die Schüler ein absolutes Kaugummi-, Schirmmützen-, Handy-, Comic-, Süßigkeiten-, Haustier-, Wasserpistolen- und Taschenlampen-Verbot ... Ich zeig Ihnen gerne die Liste, die ich zusammengestellt habe, wenn es Sie interessiert.«

»Na ja«, sagt der Polizeiinspektor, »ich sollte mich vielleicht besser auf den Weg in die andere Klasse machen.«

Rektor Ahlberg hält dem Polizeiinspektor die Tür auf und verlässt mit ihm den Klassenraum. Gun starrt auf die geschlossene Tür und murmelt: »Früher war alles besser ...«

Ferienhäuser und Sportwagen

An diesem Nachmittag sitzen Lasse und Maja in ihrem Detektivbüro. Maja hat Lasse und sich Saft eingeschenkt und auf den Tisch gestellt.

»Was glaubst du, meinte Gun damit?«, fragt Lasse. »Als sie gesagt hat, dass früher alles besser war.«

Kohlepulver
SIMENON
Kommissar Maigret
TRENTER
Der Narr auf dem First

»Das sagen die Alten bloß, um uns Kinder neidisch zu machen. Wir können schließlich nicht nachprüfen, wie es vor unserer Geburt war!«

»Ich hatte das Gefühl, dass sie damit etwas Spezielles gemeint hat«, fährt Lasse fort. »Aber ich kann nicht genau sagen, was …«

»Lass uns lieber darüber nachdenken, wo all die gefälschten Geldscheine herkommen«, sagt Maja. »Die ganze Stadt ist voll davon. Wir haben ja selbst erlebt, wie niedergeschlagen und wütend Zorban, Sara und der Pastor waren.«

»Geld, Geld, Geld!« Lasse seufzt und nimmt einen Schluck Saft. »Alles dreht sich nur ums Geld. Unsere Lehrerin darf noch nicht einmal Kopien für unsere Klasse machen, weil es zu teuer ist. Und der Schulrektor schreibt lange Verbotslisten.«

»Warte mal …«, sagt Maja.

Sie springt hastig aus dem Sessel, um ihren Notizblock und einen Stift zu holen. Lasse sieht sie gespannt an. Offenbar ist ihr was Wichtiges eingefallen.

»Was hat der Rektor gesagt, als er in der Klasse war?«, fragt Maja, als sie wieder sitzt.

»Was alles verboten ist: Kaugummi, Comics, Handys, und … ich kann mich nicht mehr an alles erinnern.«

»Aber was hat er noch gesagt? Als Gun gefragt hat, ob sie Kopien machen kann?«

»Ausgeschlossen«, antwortet Lasse, ohne zu begreifen, was das mit den gefälschten Geldscheinen zu tun haben soll.

»Und wieso?«, fragt Maja weiter.

»Weil irgendjemand … heimlich … Kopien gemacht hat. Maja!«, ruft Lasse. »Du bist ein Genie!«

»Genau.« Maja lacht. »Weil irgendjemand unerlaubt zweitausend Kopien gemacht hat.

Und was, glaubst du, hat dieser Jemand kopiert?«

»Hundertkronenscheine natürlich. Zweitausend Vorder- und Rückseiten von Hundertkronenscheinen.«

Das Lächeln verschwindet aus Majas Gesicht. Jetzt scheint ihr etwas weniger Angenehmes eingefallen zu sein.

»Wenn die Scheine an unserer Schule gefälscht wurden …«, sagt sie langsam, »ist es ziemlich wahrscheinlich, dass der Fälscher auch dort arbeitet!«

»Wieso glaubst du das?«, fragt Lasse.

»Denk doch mal nach. So viele Kopien zu machen dauert ziemlich lange. Das Risiko, dass währenddessen jemand vorbeikommt, ist groß. Darum gehe ich davon aus, dass die Scheine nach Schulschluss kopiert wurden, wahrscheinlich nachts!«

»Und nur das Schulpersonal hat einen

Schlüssel für die Schule«, beendet Lasse ihren Gedankengang.

»Okay«, sagt Maja und notiert etwas. »Fassen wir zusammen. Was wissen wir?«

»Dass es in Valleby jede Menge falsche Geldscheine gibt«, sagt Lasse. »Und dass sie vermutlich nachts in unserer Schule hergestellt werden von jemandem, der dort arbeitet.«

»Was wissen wir über diejenigen, die an der Schule arbeiten?«, fragt Maja und blättert ihren Block um. »Gibt es unter ihnen jemand, der seine Privatkasse gern mit ein paar gefälschten Scheinen aufbessern würde?«

Lasse beugt sich vor und wühlt in seinem Rucksack. Schließlich findet er, wonach er gesucht hat. Das Jahrbuch der Schule. Er schlägt die Seite mit den Fotos von den Angestellten auf.

»An unserer Schule arbeiten fünf Personen«, sagt er und zeigt auf das erste Foto.

»Erstens: Rektor Ahlberg. Er ist schon ewig an der Schule und ein Freund der Ordnung. Im letzten Jahr haben er und seine Frau sich scheiden lassen. Vor Kurzem hat er einen neuen Sportwagen gekauft und scheint das Leben genießen zu wollen.«

»Zufrieden wirkt er aber nicht gerade«, sagt Maja. »Er ist schlecht gelaunt und streng und schreibt lange Verbotslisten.«

Lasse übernimmt.

»Zweitens: Gun, unsere Lehrerin. Sie ist am längsten an der Schule, hat sogar schon den Polizeiinspektor als Schüler gehabt. Gun könnte eine Geldspritze gut gebrauchen. Wir haben ja heute Vormittag selber mitbekommen, wie beunruhigt sie wegen ihrer bevorstehenden Rente ist.«

»Kann das wirklich sein?«, sagt

Maja und kratzt sich mit dem Stift hinterm Ohr. »Dass der Polizeiinspektor ihr Schüler war? Na ja, warum nicht.«

»Drittens: Der Vertretungslehrer der anderen Klasse heißt Klas. Dass er Geld braucht, ist kein Geheimnis. Er spart für eine Weltreise. Wie alle anderen hat er einen Schlüssel und könnte den Kopierer benutzt haben.«

»Klas?«, sagt Maja skeptisch. »Der ist doch so nett und sieht so gut aus.«

»Maja, also echt! Natürlich kann es Klas gewesen sein, und das weißt du ganz genau«, sagt Lasse empört und fährt fort. »Viertens: Schulschwester Mary. Über sie weiß ich nicht besonders viel.«

»Kein Wunder, wer geht schon freiwillig zu ihr, wenn's nicht unbedingt nötig ist«, sagt Maja grinsend. »Zur Schulschwester geht man nur, wenn man geimpft werden muss oder sich wehgetan hat.«

»Die Nummer fünf ist Risto, der neue Hausmeister. Er war früher Zirkusdirektor. Er ist immer gut gelaunt und nett zu allen Schülern. Von ihm wissen wir, dass er gerade ein neues Sommerhaus baut. Baumaterial ist teuer. Er könnte es auch gut sein.«

»Wie sollen wir herausfinden, wer der Schuldige ist?«, fragt Maja.

Lasse trinkt seinen Saft aus und hält das leere Glas vors Gesicht. Wer von diesen fünf Personen könnte der Fälscher sein?, denkt er. Er dreht das Glas in seiner Hand und sieht die vielen Abdrücke, die seine Finger hinterlassen haben.

»Fingerabdrücke«, murmelt Lasse, sicher, dass er gerade auf eine Spur gestoßen ist. »Fingerabdrücke, Maja! Der Fälscher hat doch bestimmt jede Menge Fingerabdrücke auf dem Kopierer hinterlassen«, sagt er.

»Clever, Lasse«, sagt Maja. »Rektor Ahlberg hat allen Angestellten verboten, den Kopierer zu benutzen, nachdem unerlaubt 2000 Kopien gemacht worden sind. Die letzten Abdrücke auf dem Gerät müssten also vom Fälscher stammen!
Guter Gedanke!«

Fünf volle Plastikbeutel

Am nächsten Tag haben Lasse und Maja eine zusätzliche Tasche in der Schule dabei.

Am Abend davor haben sie noch lange zusammengesessen und geplant. In der Extratasche befindet sich unter anderem die Ausrüstung, die sie für die Sicherung der Fingerabdrücke des Schulpersonals brauchen:

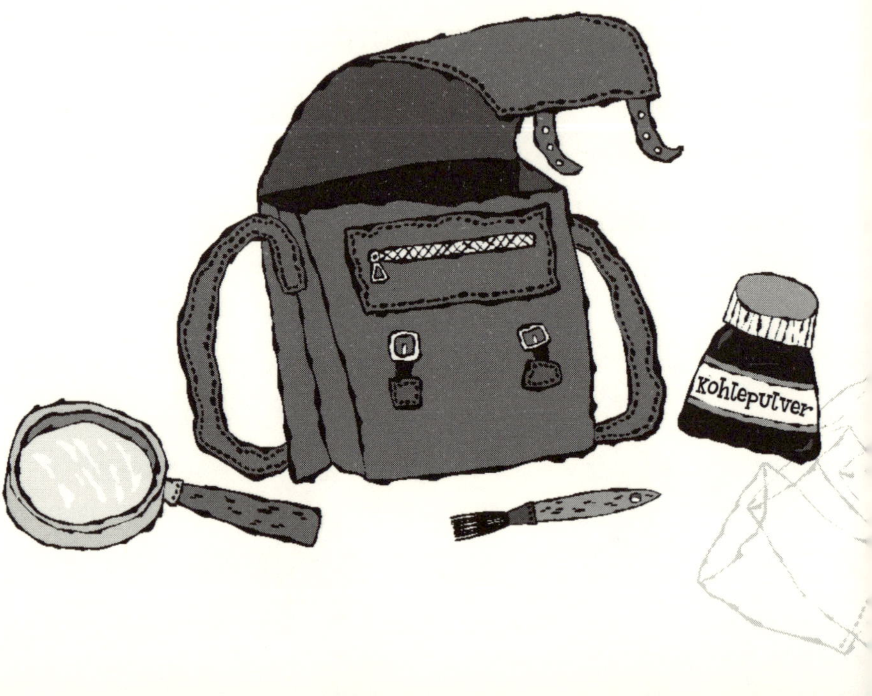

Ein Pinsel mit langen, weichen Borsten, eine Dose schwarzes Kohlepulver, die Digitalkamera, ein Vergrößerungsglas und fünf Plastikbeutel zum Aufbewahren von Gegenständen. Pro verdächtiger Person und Gegenstand ein Beutel.

»Gibst du mir einen Plastikbeutel?«, sagt Maja. »Ich fange mit Schwester Mary an. Sag Gun, dass ich ein paar Minuten später komme.«

Lasse gibt Maja einen Beutel und geht die Treppe hoch zum Klassenraum. Maja klopft an die Tür, wo Schulschwester Mary ihr Behandlungszimmer hat.

Da geht die Tür auf und der Vertretungslehrer Klas kommt heraus!

»Ähm ... Ich glaube, ich habe Fieber«, sagt er verlegen zu Maja.

»Komm rein«, ruft Schwester Mary aus ihrem Zimmer.

Maja begrüßt sie und sagt, dass sie Kopfschmerzen hat.

Die Schulschwester kommt hinter ihrem Schreibtisch hervor und geht Maja entgegen. Sie legt die Hand auf ihre Stirn.

»Fieber scheinst du nicht zu haben«, sagt sie. »Möchtest du eine Schmerztablette?«

»Ja, danke, gerne«, sagt Maja – fast ein bisschen zu eifrig. »Ich meine, das würde vielleicht helfen«, fügt sie hinzu und drückt stöhnend den Handrücken an die Stirn.

2 M
1.90
1.80
1.70
1.60
1.50
1.40
1.30
1.20
1.10
1.00
90
80
70
60
50
40

Schwester Mary schließt den Glasschrank auf, in dem die Medikamente und Verbände aufbewahrt werden, und legt eine Schmerztablette in einen kleinen Plastikbecher. Maja lässt sich den Becher auf die ausgestreckte Hand stellen, ohne ihn mit den Fingern zu berühren. Sie bedankt sich und balanciert den Becher auf der Hand nach draußen. Die Schulschwester schaut ihr erstaunt hinterher.

Vor dem Behandlungszimmer zieht Maja den Plastikbeutel aus der Tasche und lässt den Becher vorsichtig hineinfallen.

Wenig später sitzt Maja auf ihrem Platz neben Lasse. Der poliert gerade unter dem Tisch seinen Bibliotheksausweis mit einem Papiertaschentuch blitzeblank.

Als er fertig ist, schiebt er ihn zwischen die

Seiten seines Rechenbuches und geht nach vorne zu Gun.

»Aufgabe sieben verstehe ich nicht ganz«, sagt er und schlägt das Buch so auf, dass der Ausweis vor Gun auf die Schreibtischplatte rutscht.

»Hoppla! Das ist wohl deiner«, sagt sie freundlich, nimmt den Ausweis in die Hand und gibt ihn Lasse zurück.

»Danke«, sagt Lasse. »Ich benutze ihn manchmal als Lesezeichen.«

Lasse schlägt das Buch wieder zu und geht zurück zu seinem Platz.

»Hattest du nicht eine Frage?«, ruft Gun hinter ihm her.

»Danke, hat sich erledigt«, sagt Lasse und lässt den Ausweis in einen leeren Plastikbeutel fallen, den er unter der Tischplatte hält.

Maja zwinkert Lasse zu. Bis

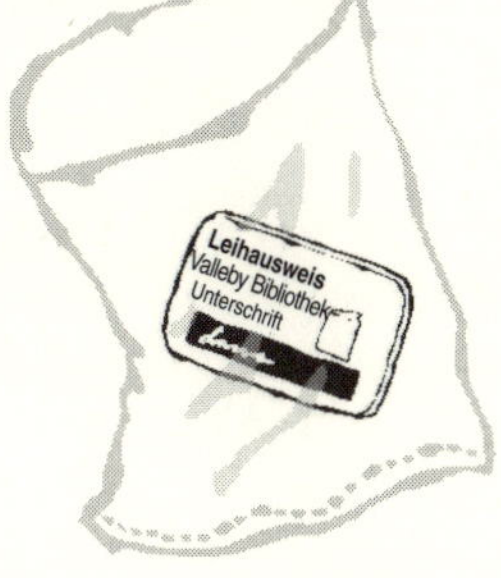

jetzt läuft alles nach Plan. Sie rechnen ein paar Aufgaben aus ihrem Rechenbuch, bis Gun sich ans Klavier setzt.

»Jetzt wollen wir ein fröhliches Frühlingslied singen, bevor wir in die Mittagspause gehen«, sagt sie. »Was haltet ihr von *Alle Vögel sind schon da*?«

Nach dem Lied beeilen sich Lasse und Maja, vor den anderen bei der Essensausgabe zu sein. Maja nimmt ihr Tablett und sieht sich im Speisesaal um. Da drüben sitzt er! Ohne zu fragen setzt sie sich neben den Vertretungslehrer Klas, der sie verdutzt anguckt.

»Hallo«, sagt sie und knipst ihr sonnigstes Lächeln an. »Geht es dir wieder besser? Wann machst du denn deine Weltreise?«, fragt sie.

Klas erzählt ihr bereitwillig von allen Orten, die er besuchen will, und welche Tickets er schon gebucht hat. Maja hört interessiert zu und nickt ab und an.

Als Klas eine ganze Weile erzählt hat und mit dem Essen fertig ist, sagt Maja:

»Ich kann dein Tablett mitnehmen.«

Sie nimmt in jede Hand ein Tablett und geht zur Geschirrrückgabe. Zuerst stellt sie ihr eigenes Tablett auf das Band und zieht unauffällig mit der freien Hand einen Plastikbeutel aus der Tasche. Sie schiebt die Hand in den Beutel und nimmt Klas' Gabel von seinem Tablett. Dann dreht sie den Plastikbeutel um – und schon sind die Fingerabdrücke des dritten Verdächtigen sicher verwahrt.

Draußen auf dem Flur trifft sie Lasse, der sich gerade mit Risto, dem Hausmeister, unterhält.

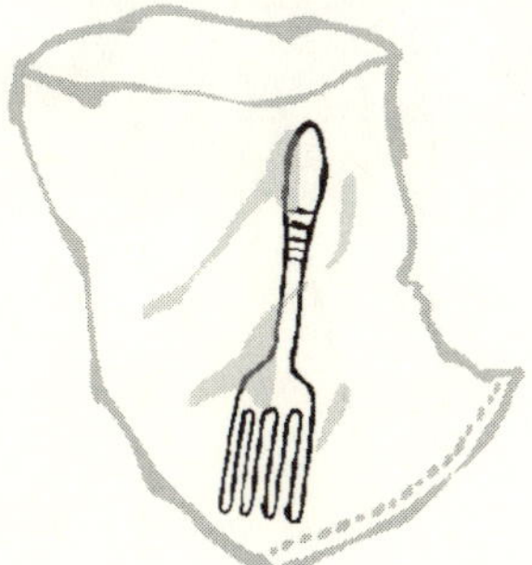

»Gar kein Problem«, sagt Risto. »Du musst mir nur versprechen, ihn zurückzubringen, sobald du fertig bist. Ich brauche ihn häufig selber.«

Er zieht einen großen, verstellbaren Schraubenschlüssel aus einer seiner vielen Taschen und legt ihn in den Plastikbeutel, den Lasse ihm hinhält.

»Ich will mir nicht die Finger schmutzig machen«, sagt Lasse und lacht.

Der Hausmeister lacht ebenfalls und wuschelt Lasse durchs Haar. »Aber wer sein Fahrrad reparieren will, muss schon mit verschmierten Fingern rechnen«, sagt er.

»Das war Nummer vier«, flüstert Lasse Maja zu.

Am Ende der Mittagspause trödeln Lasse und Maja auf dem Flur vor der Klasse herum, bis es ganz still in der Schule ist.

»Ich halte Wache«, flüstert Lasse. »Und schlage Alarm, wenn jemand kommt.«

Maja schleicht ins Lehrerzimmer. Als Erstes fällt ihr der neue Kopierer ins Auge.

Sie schaut auf das Zählwerk. 2125 steht dort. Dann wurde seit dem letzten Besuch des Fälschers also keine Kopie mehr gemacht.

Maja geht weiter. An einer Holzleiste mit Haken hängen die Kaffeebecher des Schul-

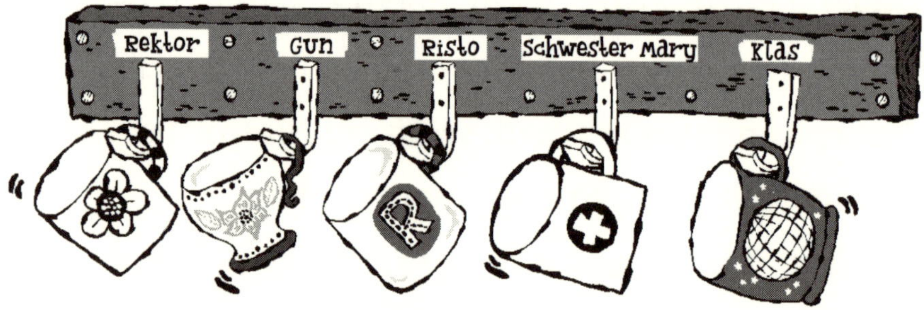

personals. Maja nimmt den Becher vom Haken, an dem *Rektor* steht, legt ihn in den letzten Plastikbeutel und läuft zur Tür. Da hört sie Stimmen auf dem Flur. Lasse redet mit Schulrektor Ahlberg.

»Gut, dass ich Sie treffe«, sagt Lasse. »Ich glaube, ich habe ein paar Schüler auf Ihrem Auto herumklettern sehen.«

»Es ist absolut verboten, auf Autos herumzuklettern«, hört Maja den Rektor antworten. »Und besonders …«.

Danach hört sie, wie die Eingangstür zur Schule aufgeht und zufällt und schickt Lasse einen dankbaren Gedanken, weil er es geschafft hat, den Rektor wegzulocken, damit sie unbemerkt das Lehrerzimmer verlassen kann.

Kalte Füße und ein seltsames Pochen

»Schluss für heute«, sagt Gun.

»Danke für heute«, sagen die Schüler im Chor und strömen ins Freie.

»Dürfen Lasse und ich noch ein bisschen bleiben und Mathehausaufgaben machen?«, fragt Maja.

»Melde dich, wenn du was sagen willst, Maja«, antwortet Gun.

»Aber sicher doch. Zieht aber fest die Tür hinter euch zu, wenn ihr geht, ich muss nämlich jetzt in die Stadt, etwas erledigen.«

Lasse und Maja nehmen ihre Rechenbücher heraus und Gun verlässt das Klassenzimmer.

Vor dem Fenster trällert eine Amsel. Maja läuft zur Tür und wirft einen Blick hinaus. Der Flur ist leer. Dann geht sie zum Fenster und zieht die Vorhänge zu.

»Her mit den Plastikbeuteln«, flüstert sie Lasse zu, als sie die Deckenbeleuchtung einschaltet. Lasse leert den Inhalt der Beutel vor sich auf der Tischplatte aus, den Medikamentenbecher, den Bibliotheksausweis, die Gabel, den Schraubenschlüssel und Rektor Ahlbergs Kaffeebecher.

Dabei achtet er sorgfältig darauf, keinen der Gegenstände mit den Fingern zu berühren.

Er nimmt das Glas mit dem schwarzen Kohlepulver, tunkt einen langborstigen, weichen Pinsel in das Pulver und bepinselt die fünf Gegenstände damit.

Nachdem er das überschüssige Pulver weggeblasen hat, breitet sich ein Lächeln in seinem Gesicht aus. Es sind ein paar deutliche Fingerabdrücke zu erkennen.

Maja nimmt das Vergrößerungsglas aus der Tasche und nimmt die fünf Fingerabdrücke genau unter die Lupe.

»Schon fantastisch«, sagt sie, »dass alle Menschen unterschiedliche Fingerabdrücke haben. Kein Abdruck gleicht dem anderen.«

»Nicht einmal bei eineiigen Zwillingen«, fügt Lasse hinzu.

Er nimmt die Digitalkamera aus der Tasche und bittet Maja, das Vergrößerungsglas vor die jeweiligen Fingerabdrücke zu halten. Dann sucht er den passenden Abstand und drückt ab.

Er macht von jedem Gegenstand zwei bis drei Fotos und notiert auf seinem Notizblock:

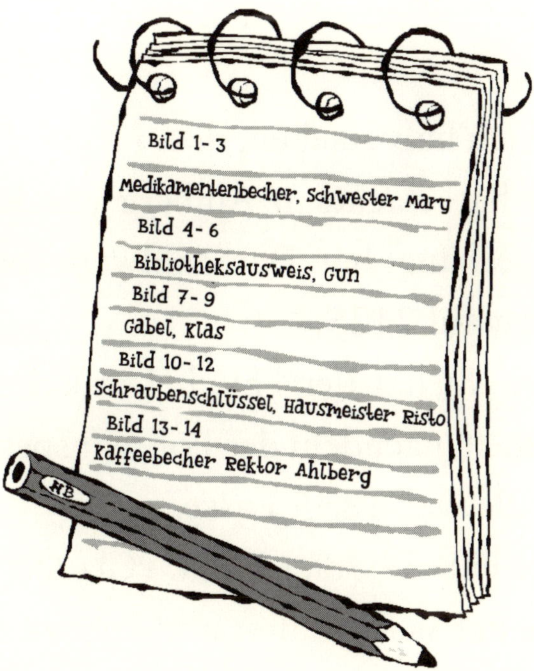

»Fertig«, sagt Lasse, macht das Licht aus und zieht den Vorhang wieder auf.

Sie setzen sich auf ihre Plätze und gehen alles noch einmal durch.

»Als du im Lehrerzimmer warst, habe ich gehört, wie der Rektor mit jemandem ganz laut telefoniert hat. Er war sehr aufgeregt und hat am Ende den Hörer richtig hingeknallt.«

»Und ich hab gesehen, dass niemand mehr kopiert hat, nachdem Ahlberg das Kopierverbot verhängt hat. Das Zählwerk steht immer noch auf 2125.«

»Vielleicht hat der Fälscher ja kalte Füße bekommen, nachdem der Polizeiinspektor in der Schule war«, sagt Lasse.

»Kalte Füße?«, fragt Maja. »Glaubst du, er oder sie hat sich erkältet und liegt zu Hause im Bett?«

»Nein«, stöhnt Lasse.

Er will Maja gerade erklären, was das mit den kalten Füßen bedeutet, als sie ein Geräusch hören, das aus dem Erdgeschoss zu kommen scheint.

Lasse und Maja sehen sich verdutzt an. Ist außer ihnen etwa noch jemand in der Schule?

Inzwischen ist es dämmrig geworden im Klassenzimmer. Lasse und Maja nehmen ihre Taschenlampen in die Hand. Lasse hängt sich die Tasche mit der Fingerabdruck-Ausrüstung über die Schulter und öffnet vorsichtig die Tür zum Flur. Dort ist es ganz still.

»Vielleicht war es ja nur der Wind«, flüstert Maja.

»Komm Maja, gehen wir«, sagt Lasse und zieht die Tür zum Klassenzimmer leise hinter sich zu.

Die Lichtkegel von Lasses und Majas Taschenlampen huschen über die Wände und Schränke. Im Dunkeln sieht alles so anders aus. Viel unheimlicher als bei Tageslicht. Als ob hinter jeder finsteren Ecke jemand lauert und nur darauf wartet, in den Lichtkegel zu springen.

Lasse und Maja schütteln das

unheimliche Gefühl ab und gehen langsam und vorsichtig die Treppe ins Erdgeschoss hinunter.

Am Fuß der Treppe bleiben sie stehen und lauschen auf Geräusche. Aber es ist alles still – oder?

»Schhhhh«, flüstert Maja mit einem Finger vor den Lippen.

Sie hat etwas im Lehrerzimmer gehört. Lasse hat es ebenfalls gehört. Ein Klopfen.

Auf Zehenspitzen schleichen sie zur Tür des Lehrerzimmers und legen ihre Ohren daran. Jetzt ist das Geräusch ganz deutlich zu hören.

Im Zeitlupentempo drückt Maja die Klinke herunter und öffnet die Tür einen Spaltbreit. Ein kühler Luftzug streift ihr Gesicht – und dann tut es einen gewaltigen Knall!

Lasse und Maja sehen sich erschrocken an. Sie müssen herausfinden, woher das Geräusch kommt.

Maja zeigt mit einem energischen Nicken auf die Tür. Sie öffnen sie ganz und gehen mutig ins Lehrerzimmer.

Da knallt es wieder!

Lasse ist erleichtert. Das Geräusch kennt er.

Es kommt von einem offenen Fenster, das im Wind klappert. Als sie die Tür aufgemacht haben, gab es Durchzug im Raum, und das

Fenster ist mit einem ordentlichen Knall zugefallen. Er durchquert das Lehrerzimmer – und tatsächlich, das Fenster steht offen und schlägt. Lasse schließt es.

»Komm mal, Lasse! Schnell!«, ruft Maja flüsternd.

Sie leuchtet mit der Taschenlampe auf das Zählwerk des Kopierers.

»3125«, liest sie vor. »Der Fälscher hat wieder zugeschlagen!«

»Ich wusste gar nicht, dass er Larsson heißt.«

Schon wieder eintausend Kopien!«, sagt Lasse.

»Jetzt haben wir den Täter bald«, sagt Maja lächelnd und öffnet die Tasche mit der Detektiv-Ausrüstung.

Sie nimmt das Kohlepulver und einen Pinsel heraus und stäubt eine hauchdünne Schicht schwarzes Pulver über die Bedienungstasten. Dann beugt sie sich vor und pustet. Lasse leuchtet mit der Taschenlampe und schaut durch das Vergrößerungsglas.

So eine Enttäuschung!

Nichts! Auf den Tasten ist nicht ein einziger Fingerabdruck zu erkennen.

»Mist!«, seufzt Maja und stützt sich mit den Händen auf dem Kopierer ab.

KAFFEE
500g
KAFFEE
500g
KAFFEE
500g
SV
SV
SV
SV
A4
500
A4
500
A4
500
A4
500
A4
500

Lasse kratzt sich an der Nase.

»Und was machen wir jetzt?«, fragt er.

»Ich weiß es nicht«, antwortet Maja und klappt den Deckel des Kopierers hoch. Sie hofft, dass der Fälscher vielleicht die Vorlage im Gerät vergessen hat. Aber Fehlanzeige. Da ist nichts.

Lasse leuchtet mit der Taschenlampe über die leere Glasfläche. Und dabei entdeckt er, dass sie voller kleiner Fettflecken ist. Er schnappt sich das Kohlepulver und pinselt es auf die Glasscheibe. Als er das überschüssige Pulver weggepustet hat, sehen die beiden, dass die Glasfläche von Fingerabdrücken übersät ist!

Maja nimmt das Vergrößerungsglas und Lasse sucht die Fotos auf dem Display der Kamera heraus.

»Das sind Schwester Marys«, sagt er aufgeregt.

»Und die sehen aus wie … genau, wie Ristos Fingerabdrücke«, sagt Maja, nachdem sie sie mit dem Foto verglichen hat.

»Und da in der Ecke, das sind Rektor Ahlbergs.«

Es zeigt sich, dass alle, die an der Schule arbeiten, Fingerabdrücke auf dem Glas hinterlassen haben. Und darum sind sie …

»… völlig wertlos.« Maja seufzt.

»Ich geb's auf«, sagt Lasse. »Wir werden nie herausfinden, wer die Geldscheine gefälscht hat!«

Frustriert sammeln Lasse und Maja ihre Sachen zusammen und verlassen das Lehrerzimmer und wenig später das Schulgebäude.

Auf dem Weg zu ihren Fahrrädern bleibt Maja plötzlich stehen.

»Was wäre, wenn …«, meint sie nachdenklich.

»Was?«, fragt Lasse.

»Wie wäre es, wenn wir dem Fälscher vorgaukeln, dass er oder sie als Einziger Fingerabdrücke auf der Glasfläche hinterlassen hat? Er oder sie kann ja nicht wissen, dass die anderen auch Abdrücke auf dem Kopierer hinterlassen haben. Was wird er oder sie dann wohl tun?«, sagt Maja.

»Sie wegwischen, natürlich«, sagt Lasse. »So schnell wie möglich.«

»Jetzt müssen wir aber unbedingt den Polizeiinspektor um Hilfe bitten«, sagt Maja. »Das könnte vielleicht gefährlich werden. Komm, Lasse!«

Lasse und Maja springen auf ihre Räder und fahren zur Kreuzung Kirchstraße – Museumsstraße.

Dort biegen sie rechts ab, fahren am Museum vorbei bis zu einem kleinen, blauen Haus.

R. Larsson steht auf dem Briefkasten.

»Ich wusste gar nicht, dass er Larsson mit Nachnamen heißt«, sagt Lasse, als er den Klingelknopf drückt.

10

Erst nach dem dritten Klingeln öffnet sich die Haustür. Und auf dem Treppenabsatz steht ein verschlafener Polizeiinspektor im Bademantel und mit einer Nachtmütze auf dem Kopf.

»Wir haben eine Idee, wie wir den Geldfälscher dingfest machen können«, sagt Maja.

»Was sagt ihr da?«, fragt der Polizeiinspektor erstaunt und bittet Lasse und Maja herein.

Sie gehen in die Küche, wo der Polizeiinspektor gähnend drei Gläser Milch einschenkt. Dann weihen Lasse und Maja ihn in alles ein, was sie herausgefunden haben.

Dass sie das Kopierverbot des Rektors auf die Idee gebracht hat, alle möglichen Gegenstände einzusammeln, um Fingerabdrücke zu nehmen, von dem offenen Fenster im Lehrerzimmer und zum Schluss von allen Fingerabdrücken auf dem Kopierer.

Der Polizeiinspektor sieht sie bewundernd an.

»Ihr seid fantastisch, Kinder«, sagt er. »Der Fälscher benutzt also den Kopierer der Schule! Ganz schön frech!«

Danach diskutieren sie hin und her, wie sie den Fälscher in eine Falle locken können. Am Ende sagt der Polizeiinspektor:

»Ihr fahrt jetzt am besten nach Hause und schlaft ein paar Stunden. Es ist spät und das wird morgen ein anstrengender Tag.«

P&B

Maja meldet sich

Maja und Lasse sind am nächsten Morgen früh bei der Schule. Die Türen sind noch verschlossen und sie stehen gähnend in der Morgensonne. Sie schauen zu dem Fenster, durch das der Fälscher gestern Abend geflohen ist. Offenbar ist ein Zipfel der Gardine eingeklemmt worden, als Lasse das Fenster zugemacht hat.

»Hallo, ihr beiden!«, hören sie Risto hinter sich. »Ihr seid ja früh dran heute.«

Da fällt sein Blick auf das Fenster und den Gardinenzipfel. »Schlamperei«, murmelt er kopfschüttelnd, während er die Eingangstür aufschließt.

»Er hat als Erstes zum Fenster geguckt«, flüstert Maja Lasse zu. »Vielleicht war er ja gestern Abend hier.«

In diesem Moment parkt Schulrektor Ahlberg seinen roten Sportwagen auf dem Schulhof. Maja hält ihm die Eingangstür auf.

»Danke, nett von dir«, sagt der Rektor lächelnd und tätschelt Majas Kopf.

»Und er ist ungewöhnlich gut gelaunt«, stellt Lasse fest, als der Rektor in seinem Büro verschwunden ist. »Vielleicht, weil er viele tausend Kronen reicher ist – an gefälschten Geldscheinen?«

Als Nächstes kommen der Vertretungslehrer Klas und Schulschwester Mary. Händchen haltend! Als sie Lasse und Maja entdecken, lassen sie ihre Hände eilig los.

Darum war Klas also gestern in Marys Behandlungszimmer, denkt Maja. Sie sind verliebt. Ob Mary Klas wohl auf seiner Weltreise begleitet? Dann könnten sie gut mehr Geld gebrauchen.

Mary und Klas begrüßen verlegen Lasse und Maja und gehen ins Schulgebäude.

Als Letzte kommt Gun angeradelt. In Gedanken versunken stellt sie ihr Rad in den Fahrradständer und bekommt gar nicht mit, dass Lasse und Maja ihr die Tür aufhalten.

»Guten Morgen!«, sagt Maja.

»Melde dich …«, fängt Gun den Satz an, läuft aber weiter, ohne ihn zu beenden.

»Hast du gesehen, wie müde sie aussieht?«,

sagt Lasse. »Was hat sie wohl heute Nacht gemacht?«

Die Schüler sitzen kaum auf ihren Plätzen, als es an der Tür klopft.

Klas betritt mit allen seinen Schülern die Klasse, gefolgt von Rektor Ahlberg, Schulschwester Mary, Hausmeister Risto und zum Schluss dem Polizeiinspektor.

»Guten Morgen, Kinder!«, sagt Randolf Larsson.

»Guten Morgen, Herr Polizeiinspektor«, antworten die Kinder.

»Ihr wundert euch sicher, dass ich euch schon wieder in der Schule besuche. Aber heute wollen wir eine Brandübung machen.«

Lasse und Maja beobachten die Angestellten der Schule, die hinter Rektor Ahlberg stehen. Sie sehen alle sehr überrascht aus, besonders der Rektor.

»Man sollte mindestens einmal pro Jahr üben, die Schule zu räumen, falls es mal brennt«, fährt der Polizeiinspektor fort.

»Ich werde gleich den Feueralarm in Gang setzen. Dann verlassen bitte alle Schüler und Angestellten die Schule durch den Haupteingang.«

Maja streckt die Hand hoch, genau wie sie es am Abend vorher in der Küche des Polizeiinspektors besprochen haben. Gun nickt erfreut, als sie sieht, dass Maja sich meldet, bevor sie was sagt.

»Wie geht es mit der Jagd auf den Geldfälscher voran?«, fragt Maja. »Wissen Sie schon, wer es ist?«

»Ich bin sicher, dass wir ihn oder sie ganz bald fassen werden«, flüstert der Polizeiinspektor geheimnisvoll. »Ich habe nämlich herausgefunden, dass der Fälscher auf der Glasscheibe des Kopierers Fingerabdrücke hinterlassen hat. Gleich nach der Brandübung werde ich sie genauer untersuchen. Und dann kann ich ihn oder sie überführen!«

»Dann hat der Fälscher den Kopierer nicht abgewischt?«, fragt Lasse.

»Doch, die Tasten sind blitzsauber, aber er oder sie hat offenbar nicht daran gedacht, die Glasscheibe abzuwischen. Aber jetzt machen wir erst einmal die Brandübung.«

Lasse und Maja beobachten den Rektor, Schwester Mary, den Hausmeister, Gun und Klas.

Hausmeister Risto wischt sich den Schweiß von der Stirn.

Der Polizeiinspektor fragt Gun, ob er kurz mit Lasse und Maja reden kann.

»Die anderen begeben sich bitte auf ihre Plätze, ich werde dann gleich den Feueralarm betätigen«, sagt er zu den übrigen Anwesenden.

Als Lasse, Maja und der Polizeiinspektor die Tür hinter sich zugezogen haben, laufen sie los, die Treppe hinunter und ins Lehrerzimmer.

Der Polizeiinspektor zeigt Lasse und Maja, wo sie sich hinter dem Kopierer verstecken sollen, bevor er eilig den Raum verlässt. Kurz darauf ertönt der Feueralarm im ganzen Schulgebäude. Der Polizeiinspektor kommt zurück und setzt sich zu Lasse und Maja hinter den Kopierer.

»Jetzt wollen wir doch mal sehen, ob wir den Gauner aufgescheucht haben!«, flüstert er grinsend.

Mehrere Geheimnisse werden gelüftet

Die Tür fliegt auf und Risto, der Hausmeister, kommt hereingestürmt. Der Polizeiinspektor will schon aufspringen und rufen, dass er verhaftet ist, aber Lasse hält ihn zurück. Der Hausmeister geht zum Kleiderständer und durchwühlt die Taschen seiner Jacke. Bis er findet, was er sucht. Eine Dose Kautabak. Er schraubt den Deckel auf, schiebt sich eine kleine Portion Tabak unter die Oberlippe und verlässt den Raum wieder.

»Kautabakverbot an der Schule«, flüstert Maja. »Er kann ihn nur heimlich nehmen.«

Lasse, Maja und der Polizeiinspektor gehen wieder hinter dem Kopierer in Deckung, als die Tür zum zweiten Mal aufgeht. Dieses Mal kommen Schwester Mary und Klas herein.

Und wieder muss Lasse den Polizeiinspektor bremsen.

»Liebster«, sagt Schwester Mary. »Küss mich!«

Und Klas küsst Mary und sagt: »Bitte fahr mit mir zusammen um die Welt!«

Jetzt küsst Mary Klas, bevor die beiden den Raum wieder verlassen.

»Ein heimlicher Tabakkauer und ein heimliches Liebespaar«, seufzt der Polizeiinspektor. »Was kommt wohl als Nächstes?«

In dem Moment öffnet sich die Tür und Schulrektor Ahlberg kommt hereingerauscht. Mit einem Lappen in der einen und einer Sprühflasche in der anderen Hand. Er läuft direkt zum Kopierer.

Er klappt den Deckel hoch und wienert schnell, aber gründlich, die Glasfläche.

Jetzt springen der Polizeiinspektor, Lasse und Maja auf!

»Welche fleißige Putzfrau haben wir denn hier?!«, sagt der Polizeiinspektor und lässt die Handschellen um die Handgelenke des verdutzten Rektors zuschnappen.

»Aber – ich wollte doch nur dafür sorgen, dass der Kopierer schön sauber ist, wenn Sie ihn untersuchen«, versucht Rektor Ahlberg sich herauszureden.

»Tut mir leid, guter Mann«, sagt der Polizeiinspektor lächelnd. »Darauf falle ich nicht herein.«

Der Feueralarm auf dem Flur verstummt und kurz darauf hört man, wie die Schüler und die Angestellten zurück in die Schule kommen.

Wenig später sind alle Angestellten im Lehrerzimmer versammelt.

»Ich glaube, Rektor Ahlberg möchte Ihnen gerne etwas mitteilen«, sagt der Polizeiinspektor und ruckelt an den Handschellen.

»Ähm«, stammelt der Rektor und starrt auf seine Schuhspitzen. »Ich war derjenige, der die Geldscheine gefälscht hat. Wie soll

ich sonst die Raten für meinen Sportwagen bezahlen? Und meine Ex-Frau kriegt auch Geld von mir. Seit meiner Scheidung habe ich mir viel zu teure Hobbys zugelegt, für die mein Rektorengehalt einfach nicht reicht.«

»Früher war alles besser«, murmelt Gun. »Als Sie noch mit Viveka verheiratet waren. Da waren Sie ein netter Chef.«

Da fängt der Rektor an zu weinen. Er tut Lasse und Maja fast ein bisschen leid. Die Dinge haben sich für ihn wirklich anders entwickelt als gedacht.

Der Polizeiinspektor erklärt, wie Lasse und Maja vorgegangen sind, um den Fall zu lösen.

»Heißt das, ihr habt die ganze Zeit hinter dem Kopierer gesessen?«, fragt der Hausmeister nervös.

»Und alles gesehen?«, fragt Klas.

»Heute sind in der Tat gleich mehrere Geheimnisse gelüftet worden«, sagt der Polizeiinspektor. »Aber man muss ja nicht alles verraten.«

Risto, Klas und Mary sehen den Polizeiinspektor dankbar an.

Lasse nimmt den Plastikbeutel mit dem Schraubenschlüssel aus seiner Tasche und gibt ihn dem Hausmeister zurück.

»Danke fürs Leihen, und nichts für ungut, dass wir Sie hinters Licht geführt haben«, sagt Lasse.

»Das macht gar nichts«, sagt Risto. »So konntet ihr wenigstens diesen kniffligen Fall lösen, ihr zwei! Sagt Bescheid, wenn ihr mal wieder Hilfe mit euren Rädern braucht, das erledige ich gern.«

Am nächsten Tag können alle, die das Valleby-Blatt lesen, erleichtert aufatmen:

Geldfälscher hinter Schloss und Riegel

Kein Geringerer als Schulrektor Ahlberg hat auf dem neuen Farbkopierer der Schule falsche Hundertkronenscheine im Wert von mehreren hunderttausend Kronen hergestellt. Dank unserer beiden Stardetektive Maja und Lasse konnte der Verbrecher entlarvt werden.

Der Polizeiinspektor hat der Schulbehörde vorgeschlagen, dass Gun den frei gewordenen Posten als Schulrektorin übernimmt.

Gun hat bereits durchklingen lassen, dass sie das Angebot gerne annimmt, wenn sie gefragt wird. Ein paar Jahre als Schulrektorin würden auch ihre Rente sicher deutlich aufbessern, sagt sie. (VB)

Inhalt

LÅNEKORT
REKTOR